李冰鬥河神

中國名人故事（1）

蔡文甫　著
蔡嘉驊　圖

目錄
CONTENTS

大禹
公而忘私

大禹是夏代的開國君主，顓頊的孫子，姓姒氏，他的號叫禹，也叫文命。最初，封他做夏伯，所以也叫做伯禹。

　　夏禹的父親叫鯀，在堯的時候，因為治洪水不得法，被那時的君王舜殺了。當時全國的水災很屬害，老百姓的房屋都被水沖毀了，只能住在山上的樹林裡。可是森林中的猛虎和野獸很多，時常出來害人。人民的生活，非常困苦，大禹看到災害這樣嚴重，就挺身出來，擔任治水的工作。

　　禹接受這艱鉅的治水任務以後，日夜地研究地圖，細心計畫，同時他還召集了許多朋友和部下，商討治水的方法。

　　大禹對大家說：「我的父親，用圍堵的方法治水，沒有成功，現在你們有什麼意見嗎？」

圍堵就是用築堤的方法，將水堵住，但是這麼做並沒有根本解決洪水的問題。因為洪水沒有地方可走，就衝破河堤，水更加氾濫。

　　「我們應該用疏導的方法。」有人這樣建議。

　　大禹點頭表示贊同。

　　「我們要順著水性去治水，不能倒行逆施。」

　　「……」

　　大家貢獻了許多意見，他就決定用疏濬的方法，將小河裡面的水，引到大河；大河裡面的水，帶進長江和大海。這樣，被淤塞的河流，都被人工挖通，使全國的河流，都能順流而下，所有的水災都沒有了。

　　在治水的時候，大禹日夜不息地指導和監督，他的足跡踏遍天下，花了十三年的工夫，大功告成後才回家。

　　到了家中，他的妻子非常不高興，便問他：「你為什麼一直不回來呢？」

「在這十三年當中，」大禹也感到非常抱歉。他說：「我從門口經過三次……」

「什麼？」他的妻子更生氣了，紅著臉叫：「你在門口走過三次，都不進來，可見你一點也不關心我和孩子。」

「不，不是的。」大禹連忙分辯，「我時時刻刻都掛念著你們，但是為了治水，為了救全國的同胞，我就沒法回家了。」

他的妻子聽了以後，想了一想，認為他的話很對，也就十分佩服他。

水災消除後，很多的國家，都來朝賀。大舜看到大禹具有公而忘私的精神，就讓他做君王。人民也都擁戴他。他在當時的河南開封這個地方，做了八年君王。

中興復國
的少康

黃昏的時候，學校放學了，少康蹦蹦跳跳地回到家裡，看見母親低頭流淚。

　　少康本來很高興，但是看到母親的悲哀樣子，就悄悄地走到母親身旁，倚在母親的懷裡，說：「媽！你為什麼哭呢？」

　　他母親用手帕擦乾眼淚，摟緊他說：「孩子，你已經十三歲了，我要把你父親被殺的事告訴你……」

　　「父親是被殺死的？」少康驚叫起來。

　　「你父親是被寒浞殺死的。」他母親流著眼淚說，「他本來是夏朝的君王。奸匪為了爭奪權位，就將他殺害了。當時你還沒有出世，我才逃到有仍國來。我們不但要替父親報仇，還要收復我們的國土！」

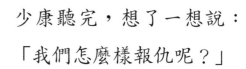

少康聽完，想了一想說：「我們怎麼樣報仇呢？」

「只要我們立定志向，復國報仇並不難。」

他母親拍著少康的肩膀，「你一定要聽我的話。」

「好，媽媽，你快點說吧！」

「第一，你要用功讀書。」母親說：「你長大了，要領導大家，做偉大的事業，一定要有高深的學問。」

少康點點頭。「第二呢？」他又問。

「要加緊鍛鍊身體。反攻復國的任務非常艱苦，沒有強健的體格，是不能獲得最後勝利的！」

少康聽了母親的話以後，就立定復國志願變成一個很勤勞的好學生了。

他母親常把夏朝的典章制度和祖先的忠貞故事

中興復國的少康

16

告訴他，他聽了非常興奮，更加強了恢復國土為人民除害的決心。

少康長大了，就在有仍國做牧臣。後來寒浞聽到少康在這裡，便派兵來進攻。因為有仍的地方很小，無法抵抗，少康就逃到有虞國去了。

有虞的國君很忠於夏朝，痛恨奸匪。便把女兒嫁給少康做妻子，又將綸邑給他做恢復國家的根據地。

綸邑這地方不很大，只有十方里大小，和五百人的軍隊。兵力和地盤雖然很少，反攻復國的希望也很渺茫，但少康並不氣餒，日夜都在進行艱苦的復國運動。

少康在政治方面，要求人民安居樂業；軍事方面，將五百人練成精銳的幹部；經濟方面，便獎勵人民闢地墾荒，增加生產。他

這樣自力更生，埋頭苦幹；土地開拓了，國力強大了，人口也增加了，於是很快地就奠定了反攻的基礎。

這時候，在奸匪寒浞暴政壓迫下的人民，都從很遠的地方跑來歸順少康，少康也都安慰他們，給他們很好的工作。

經過二十年的充分準備，少康開始反攻了。同時夏朝的舊臣伯靡，也率領民眾起義。在內外夾攻下，寒浞的匪偽政權，很快就消滅了。

少康終於收復了國土，完成中興復國的大業，史稱為「少康中興」。

革命領袖
── 湯

一個風和日麗的春天，湯帶著僕人們到野外遊玩。

他們走到一個樹林旁邊，湯看見一張網四面張開著，同時有兩個獵人，跪在網旁祈禱。

「鴿子啊，烏鴉啊，……」一個獵人喃喃地念。「都到網裡來吧！」

另一個獵人跪下說：「狼啊，小白兔啊，都進網吧！」

湯看了非常不高興便上前對獵人說：「這樣一網打盡太殘酷了。」

這故事馬上傳遍各地，各國都知道湯的恩惠很大，對待禽獸都非常寬厚，來歸順的共計有四十多國。

湯的鄰國，有一個叫葛伯的人，不尊重祖先，

不舉行祭祀，湯便派人去問是什麼道理。

葛伯回答：「因為我們沒有牛羊。」

湯就送牛羊給他，但是葛伯將牛羊殺了自己吃，還是不祭祖先，湯又派人去問他。

「因為我們沒有米麥。」葛伯答道。

湯馬上派人去替葛伯耕種田地，又送食物給老弱的人吃。但葛伯一點都不講道理，率領他的部下，搶奪送去的酒肉，還殺了一個送酒肉的童子。

湯知道了非常氣憤，便去攻打葛伯，把他打敗了。

葛伯戰敗以後，湯又征伐有洛、荊伯，和豕韋等十一個國家，都打了勝仗。那些國家的首領，都很殘暴，老百姓感到非常痛苦。湯將他們消滅了，人民非常高興，更加欽佩湯的德威了。

那時，還有一個很兇暴的君王，就是夏桀。他不體恤人民，耗盡老百姓的勞力，奪去地方上的財物。人民都怨恨極了。湯看到這情形，馬上領導全

國人民起來抗暴。

在柬條會戰的時候，夏桀的部隊大敗，夏桀被俘虜了。

夏朝滅亡以後，三千多個諸侯到湯這裡來朝會，而且要舉行一次君主登位的儀式。

湯把君主的玉璽放在寶座上，自己退到諸侯的行列裡去，說：

「這君王的座位，有道德的人才能坐。天下是大家的，誰願意治理，誰就上去。」

湯讓了很久，三千個諸侯，都願意選湯做君王。湯順從大家意見，做了君王，商朝就開始了。

因此人們都說：湯是我國第一個為正義而起來革命的領袖。

中國名人故事

忠貞不貳
的伊尹

伊尹從田裡回來了，把牛牽到牛欄去，餵了草料，然後向住宅的門口走去。

他的妻子在門口告訴他：「來過兩次的大使，今天又來了。」

「他們走了嗎？」伊尹問。

「沒有。」他的妻子搖搖頭說，「他們和前兩次一樣，帶來許多禮物，一定要等你。」伊尹和大使見面了。大使對他說：「湯王一定要請你為國效勞，你今天跟我們一齊去嗎？」

「不。」伊尹說：「我願意在有莘這個地方種田，不願到朝廷裡做官。」

大使感到非常為難，因為湯很著急地要伊尹去幫助他治理國事，而請了三次，伊尹都不答應。

「你不願做官很好，」大使想了一想道，「但

是現在的人民生活非常困苦，為全國老百姓著想，你應該負起這個救國救民的責任。」

伊尹的抱負很大，他願意把自己的學問，去教給別人，並且願意為大眾服務，所以聽了大使的話，便答應和大使一起到湯那裡去。

湯請到伊尹後，就到宗廟裡去祭祖，並殺豬宰羊，舉行隆重的典禮，來接伊尹。

伊尹第一次見到湯，便問：「你喜歡吃那些煮得很好的菜嗎？」

「歡喜的。」湯說。

「調味的美品，必須有洞庭的魚，崑崙的蘋果和駱越的竹筍，才能燒出很美味的菜餚。」伊尹接著說：「但是你現在的國家太小，這些菜蔬，都沒法辦到。」

湯聽了感到非常有興趣，「那怎麼辦呢？」他問。

「要得到這些東西必須做君王。」伊尹很快地

回答，「但是，做君王必須先愛護人民，一切為人民著想，人民便會擁護你了。」

湯聽了恍然大悟，便照伊尹的話去做，同時伊尹對於治理國家，也很有好的方法，他的地理常識又非常豐富，在沒有攻打夏桀以前，先到夏都去察看五次地勢，所以才能很快地幫助湯把夏消滅了。

湯做了十三年皇帝便死了。伊尹便立湯的孫子太甲做皇帝。當時他教訓太甲說：「你應該保重你的身體，時時想念祖宗的德行。你如果能做善事，所有的人民都會喜歡你，不然，你就會失敗。」

可是，太甲沒有聽伊尹的話，作一個好皇帝。伊尹馬上把他放逐到桐宮地方去。讓他反省，同時扶植太甲的叔叔外丙接位做皇帝。

過了六年，太甲悔過自新了，伊尹才接他回來。

伊尹忠心耿耿，用非常的手段，維護國家的制度，所以非常得到人民的愛戴。

文王
以德服人

秋天，農人把田裡的穀子割完，藏到屋裡。

周文王忽然下了一道命令，要所有的老百姓，都要去建造靈台公園。

這個公園設在周國都城的附近，規模很大，有七十里見方。

老百姓接到這命令後，便紛紛前往做工。

公園開工的時候，忽然有人大叫起來：「看哪，這裡有一副人骨哩！」

好多的工人，都聚集在那裡，看那躺在地上的屍骨。他們要把那副屍骨打碎。

這時周文王走來了。「不要動！」他說：「把這人骨好好埋葬起來。」

「這是無主的墳墓，何必管他呢？」一個工人說。

「不。」文王對大家說道：「國君是一國的主人，墳墓在這裡，我就是主人，怎麼說沒有主呢？」

周文王叫他們用衣服把屍骨蓋好，重新安葬。於是，大家都覺得周文王對人民太仁慈，太好了。

公園建好後，養了許多麋鹿和白鶴，老百姓都可以到公園裡去捉兔子，打野雞；公園裡面還有魚塘，養了許多美麗的魚，供人民遊玩欣賞，老百姓都非常高興。

其他國家，看到文王這樣的公正仁厚，有了問題爭執，便都請周文王評理。這時芮國和有虞國，為了沒法解決邊境的一塊田地，就一同來請文王裁判。

他們到了周國，看到種田的人，互讓地界，走路的人，互相讓路；人民互相尊敬，官吏們上下都處得非常和氣。

「我要回去了，」芮國的國君說：「我們為了

文王以德服人

一塊地爭執，是多麼的可恥啊。」

「對啦，我也不好意思去見周文王，」虞國的國君回答道：「那塊地讓給你好了。」

「不要，」芮國的國君道：「你還是自己留著吧！」

他們兩人爭了半天，都要讓給對方，最後便悄悄地回國。

各國聽到這個故事，大家都來歸順他，因此就天下太平了。

武王
一戰成功

紂王（殷帝辛）的年紀大了，卻仍荒淫酗酒，不理國事。一般人都不守法度，官吏只知道貪污，窮苦的人民，也無處訴苦。

殷朝的賢人君子，像微子、箕子、比干，不是被紂王殺了，就是瘋了，或者逃走了。只剩下一些禍國殃民的奸臣；老百姓的痛苦更深了。

周武王以太公望為師，周公旦為輔，還用了許多賢能的人，積極準備了十年，預備起兵攻打紂王，去解救全國的老百姓。

武王的情報工作，做得非常好，隨時有人將紂王的消息告訴他。

第一次有人來報告：「殷朝的國內，快要大亂了。」

「你怎麼判斷的呢？」武王問。

「現在是壞人執政，好人下台了。」

武王搖搖頭：「還不能夠起兵。」

不久，又有人來說：「現在殷朝更亂，賢人都逃了。」

「還沒有到作戰的時候。」武王說。

周武王對於軍隊的訓練加緊努力，武器和糧餉都準備充分了，又有情報傳來：「殷朝亂得太厲害了。」

「亂到什麼程度呢？」武王急忙地問。

「老百姓所受的苦痛，都懷恨在心，不敢講一句誹謗政府的話了。」

「好啦，機會已經到了。」武王大聲地說道。

他隨即和太公望，研討作戰的計畫。同時派人到各國去，請各國出兵會師前往，一同解救受苦受難的老百姓。

武王派兵車三百輛，挑選英勇的武士三千人，士兵四萬五千人，命令太公做總指揮，率領各國大

軍，浩浩蕩地起兵東征。

　　這時紂王也徵調七十萬大軍，在牧野擺開陣勢，準備迎戰。他們的軍隊雖多，但是都無鬥志，見武王的軍隊衝殺過來，便倒戈敗陣，潰不成軍。

　　紂王見大勢已去，就回身奔上鹿台，用火燒身自殺了。

　　武王勝利了，便發米賑濟，安撫人民，天下就歸周朝所有了。

召公
德高望重

有兩個樵夫在山野裡採樵。這地方的樵夫很多，樹木差不多都被砍光了，他們跑了半天，一點收穫都沒有，兩個人很不快活。

　　「你看，那不是一棵很大的樹嗎？」年輕的樵夫高興地說。

　　「那是棠樹，」年約五十餘歲的樵夫，看了一眼說：「我們不能去砍的。」他們慢慢地走近樹旁。

　　「為什麼？棠樹就沒有用處嗎？」青年人看看這棠樹葉子很茂盛，花很美麗，感到非常奇怪。

　　「不，不。」老年人搖搖頭。「這是因為召公在這樹下休息過，大家為了紀念他的德惠，就保護這棵樹，不讓人砍伐它的枝葉。」年老的樵夫歪著頭問：「難道你不知道召公的事嗎？」

他們對坐在樹蔭下，年老的人咳了一聲開始說道：「和周公齊名的模範宰相，就是召公，他身為文武成康的四朝元老，活了一百一十多歲⋯⋯」

「有這樣大的年紀？」年輕人不信地道。

「這是大家最低的估計，還有人說召公活到一百九十歲哩！」老人接著道：「文王為西伯的時候，叫召公治理南國，宣達文王的教化。政治清明，人民很愛戴他。武王時，召公又和周公同心協力，完成革命大業。後來成王登位，召公便想辭職了⋯⋯」

「為什麼要辭職呢？」年輕人插嘴道。

「召公因為自己曾經輔佐過文王、武王，現在年紀老了，便想退休。」

老人答道：「但周公和他同事多年，相處像左右手一樣，無論如何要慰留他，便寫了一封很長的信，希望他能同心協力，合作治理國家大事。召公接到這樣懇切和坦白的慰留信，大受感動，便打消

召公德高望重

辭意，繼續為國家努力，一直到康王的時候。」

　　青年人聽完，想了一想便恍然大悟：原來詩人寫〈甘棠〉（註）的一首詩，就是指的召公啊！

　　老人點點頭。

　　他們站起來，看了蔥蘢的棠樹一眼，便到另外的地方去採樵了。

註：〈甘棠〉詩收錄於《詩經·周南》中，全詩內容為：蔽芾甘棠，勿剪勿伐！召伯所茇。蔽芾甘棠，勿剪勿敗！召伯所憩。蔽芾甘棠，勿剪勿拜！召伯所說。

中國名人故事

大政治家
周公

周公從會客室回來，叫婢女換一盆熱水，重新把頭髮解開，準備洗髮。因為剛才客人來了，他沒有洗完，就跑出去了。

　　他彎著腰，低著頭，將頭髮浸在熱水裡，用手輕輕洗滌頭上的油膩。

　　一個高大的僕人，從門外探進頭來。

　　「有什麼事？」婢女低聲的問。

　　「外面有客人，要見老爺。」僕人回答。

　　「請他等一等吧，」她說：「老爺洗一次頭髮，已經會過兩次客，等老爺洗完頭，我再告訴他……」

　　「什麼？」周公將濕淋淋的頭髮，抓在手中，抬起頭問：「你說什麼？」

　　「客人來了，我要他等一等……」

「胡說。」周公將頭髮胡亂地繞在頭上，站直了身子，用手巾抹了一陣。「賢能的人來看我，怎能要他久等呢？」他生氣地說著，便跑到會客室去了。

僕人對婢女伸舌頭，驚訝地說：「老爺的性子太急了。」

「為了國家的事，老爺都是這樣。」她說：「吃一餐飯，也要會客好幾次，從不叫客人久候。」

周公這樣的延攬人才，禮賢下士，才輔助成王征伐了叛逆，並訂立了各種典章制度。

為了使人民生活安定，周公制定了分配平均的井田制。為了安定社會的秩序，周公制定了禮節，做無形的法律，來管束大家不做越軌的事。像現在結婚、喪葬的禮節，大家仍舊沿用周時傳留下來的禮節。現在的保甲制度和徵兵制度，也都是在周公手裡定下了楷模。

周公治理朝政的當兒，四方各國，都來朝貢，盛極一時。成王死後，康王還是依照舊有的制度治國，人民都安居樂業，沒有人犯法，連牢獄都用不著，所以後人叫這時期為「成康之治」。

　　這都是周代大政治家周公的功績。

不忘忠信
的鉏麑

一個白鬚白髮的老頭子，駝著背扶一枝拐杖，在南邊的大路上吃力地走來了。

　　晉靈公站在花園中的一個高台上，手裡拿著彈弓。他的身旁有很多宮娥和美女。他見那老頭子走近時，便對一位宮女說：「看！我要打中他的頭。」說著，彈弓響起，那老頭子便栽倒在路上。

　　靈公和許多宮女都放聲大笑，她們都說靈公的彈子射法準確。那老頭子在路旁掙扎一會，坐起來，他頭上的血已將白髮染紅了。

　　「看！」靈公忽然叫道：「我要打斷那小孩的右腿。」北邊路上有一個十三四歲的男孩，蹦蹦跳跳地奔來，忽然倒在地上抱著大腿大哭。許多宮女們又是一致地讚揚。

　　接著，靈公又射傷了一個五十多歲的老太婆，

和兩個十歲左右的小女孩。

晉國的大臣趙盾知道了，第二天便在朝庭上勸諫靈公，不要將老百姓的生命當兒戲，那是非常殘忍的。靈公雖然口頭答應趙盾以後不再這樣做，可是心裡對趙盾非常不高興。

一天，午飯時，靈公吃了一塊熊掌，覺得沒有燒熟，馬上吐出，並叫廚子來，將廚子殺了，而且剁成五塊，拋到野外去。趙盾忽然看見廚子的一隻手，問明原因，又準備向靈公諫勸。可是他剛走到靈公面前，靈公便對他說：「我已經明白了，你回去吧！我會改的。」

靈公覺得趙盾這樣囉嗦，討厭極了。他想：唯有殺掉趙盾，以後做事才沒有人管。於是，他便叫鉏麑去暗殺趙盾。

鉏麑的力氣很大，刀法也好，殺人是非常有把握的。第二天黎明，鉏麑藏著利刃便去行刺。

到了趙盾的門前，他躲在槐樹後面，只見趙家

的每重門戶都敞開著,門外的車子已駕好,趙盾的朝服也穿得很整齊,準備上朝了,但是因為時間還早,趙盾坐在桌旁等候。鉏麑一步一步的躡足進去,快接近趙盾了,他拔出利刃,只要刺進趙盾的胸膛,他的任務就達成了。

可是他又想:趙盾是為國為民的忠臣,這樣的勤勞服務,如果殺了他,就是不忠。但不殺他,靈公的面前怎麼交代呢?違背了國君的命令,就是不信,他感到處境很困難,唯有犧牲自己。

終於,他藏起利刃,慢慢的退出。他跑到槐樹下面,腦袋對準槐樹撞去,立即僵臥地上了。

不忘一飯之恩的靈輒

趙盾對晉公的叛逆行為，總是忠直的勸諫，晉公受到他的阻撓，不能隨自己的意志去做壞事，便很懷恨趙盾，一直想殺他。

　　一天晚上，晉公請趙盾到宮中來喝酒，趙盾帶了兩個衛士，很高興地來了。剛吃了三盃酒，一個衛士便在他的耳旁，輕輕的告訴他說：在這房間的前後左右，已埋伏了很多武士。趙盾聽到了，毛髮都豎立起來，他知道晉靈公要殺他；但他怎能逃出這危難呢？

　　他連忙藉口說有急事要辦，便向晉靈公辭別。剛走出門口，晉靈公便命令所有的武士追殺他。

　　趙盾平時走路並不快，此刻又很慌亂，跌跌撞撞地走不動，眼看快要被後面的武士追到了。忽然，武士群中，一個身材高大的武士，趕到趙盾身

旁。大家都叫：「殺死他！」「殺死他……」

可是，那武士走到趙盾的面前，並沒有殺他，反而背起趙盾，連跳帶竄地很快就逃出了危險區域。那武士將趙盾放在地上，趙盾愣愣地注視了半天，還是認不出他是誰。

「你在桑樹下所救的餓漢，現在忘記了？」那武士提醒他。

趙盾想起來了，那是五年前的一天，他打獵回來，在樹林中休息，忽然聽到一株桑樹下面有呻吟的聲音。趙盾連忙跑到樹下，只見一個人躺在那兒哼著，便問他為什麼睡在這裡。

那人的嘴唇翕動了幾下，吐出一個「餓」字。趙盾急忙叫隨從人員拿水和乾糧來，他吃了一些便能講話了。他說，他叫靈輒，在衛國遊學，現在回家，半途糧食中斷，已五天沒有吃東西了。

趙盾見他說得誠摯，便叫人拿飯和火腿來，靈輒只吃了一半，把剩下的一半小心地放自己的籃子裡。

「你肚子不是很餓嗎？」趙盾感到奇怪了。
「為什麼要留下一半呢？」

「我要帶回家，孝敬我母親！」靈輒答。

趙盾見他這樣孝順，便叫他將那一半吃完，另外再拿很多的食品和火腿，讓他帶回去孝敬母親。

現在，趙盾仔細的打量他，見他果然是靈輒。正要感謝他的救命之恩，但靈輒放開了趙盾，便轉身向另一地方逃亡了。

這時，趙盾家裡也得了消息，派來大批車馬，趙盾坐上車，仍然想念那知恩必報的靈輒。

大哲學家
老子

太陽爬上了山岡，靜靜地照在四方。

老子匆匆地走進國立圖書館，巡視了一周，便坐在自己的辦公室內開始辦公。因為他是圖書館的館長。

忽然，有兩個館員吵了起來。老子便把他們叫到辦公室來，問是怎麼一回事。

一個年紀比較大的人說：「交給他的工作，他都沒有做完，又時常遲到早退，所以工作沒法進行了。」

「不，不是的。」年輕人面紅耳赤的說：「這不是我的事，他都交給我，我很忙，他卻一點事也沒有……。」

「好了。」老子打斷他的話：「你們都不知道做人處事的道理。」

他們二人都詫異地看著他。

「知道滿足才能常常快樂；」老子接著說：「再進一步，就要與人無爭。我知道你們的工作都很輕鬆，為這點事爭吵太可恥了。」

兩個館員都默默地低著頭，想著老子「不爭主義」的人生觀。

老子認為人的智識程度愈高，慾望也就愈多。假使碰到不滿意的事，就要生出許多無謂的苦惱，所以倒不如無知無識的人，自然地生活下去，反而很快活。

這兩個吵架的人，想到老子的學識、修養和思想，他們便羞愧地退出門外了。

老子生在混亂的春秋時代，他很崇拜自然，不願意過著長期的官吏生活。一天，他騎了青牛，偷偷地離開這圖書館，向關外走去。

走了二十多天，才到涵谷關。當他到達關口的時候，天黑了，關門已經封閉起來。

守關的人問他：「你姓什麼？」老子照實告訴他。

「哦！」那守關的人驚叫道：「你就是那位精通掌故的哲學家李耳嗎？」

老子點點頭。

「你為什麼要出關呢？」他問。

「我不願做官了，」老子答道：「我要到關外過隱居的生活。」

那守關的人聽了非常惋惜，一定要他寫一點東西做紀念。

老子推辭了很久，但經守關人誠摯地一再請求，他便提起筆來，很快地寫了五千多字，分成上下兩部叫做《老子》。因為這部書的內容，都是說明道德的要義，後來的人便叫這部書做《道德經》。

誓復祖國
的申包胥

申包胥坐在桌子旁邊，左手抓著自己的鬍子，右手抓牢自己花白的頭髮，兩眼瞪著牆壁上一幅楚國地圖，淚在他的臉上爬。他這樣傷心地哭著、想著，已有一整天了。

　　這是一間很小的草房，地圖佔了一面牆壁，但這美好的國土，已被伍子胥率領的吳兵佔領了，在伍子胥和他分別時，他曾經對伍子胥說：「你為父兄報仇是對的，但你如果滅亡了楚國，我一定要將國土恢復。」

　　現在國家真亡了，他自己是一個文弱的臣子，而且打敗仗的楚兵，已散亂得無法組織，他怎樣才能實行自己的諾言，盡自己做國民的責任呢？

　　淚在申包胥的臉上流著，他快要把自己的頭髮連皮拔出來了，他實在想不出一個光復國土的好辦法。

他背著兩手，頭垂在胸前，在小屋子裡匆急地踱著，如果這時有人告訴他最好的救國方法，他是願意犧牲生命去換取的。

「啊！有了！」他站在牆壁前，用拳頭重擊地圖，好像他已打死伍子胥一樣。因為他想到請秦國來幫忙，吳兵是很快就會消滅的。

他急忙換了一套平民服裝，化裝成商人的模樣，混出城門。

到秦國後，他便請求謁見秦王，但秦王知道他的來意，不願接見他，只派一個大臣出來安慰他，叫他不要著急，秦國會慢慢設法幫助他。

申包胥知道秦王不願出兵，便對秦國的大臣說道：「我的國王已經逃亡國外，我怎能不性急

呢！」說時，他想起自己的國土，將永遠無法光復，又傷心地大哭起來。

這時，秦國朝廷的門口，圍了許多男女老少，大家都勸申包胥，暫時回到旅舍，慢慢再想辦法，但他沒有吃一點兒東西，別人拿水給他喝，他都拒絕了。他已喊不出聲來，但仍是嗚嗚咽咽地哭著，好像在表示：如果秦國不出兵，他就預備哭死在這裡了。

秦國的君臣和許多百姓，都被申包胥這種愛國的熱忱感動了，便答應出兵救楚國。

後來，他領秦兵回國，會合楚兵，將吳兵打敗，國土也就恢復了。

晏嬰
不辱使命

晏嬰到了楚國的城牆，便走下車。這時，他是齊國的大使，楚國的外交人員在城外迎接他。

下車後，他看到城門緊閉，心裡非常奇怪，難道他們不讓我進城嗎？他想。

「請進城吧！」楚國的外交官，用手指了一指說。

晏嬰順著他手指的方向看去，見城門右旁五十公尺處，開了一個小門，約有四尺高──和晏嬰的身材一樣高，因為晏嬰是個小矮子。

這時，晏嬰知道楚王跟自己開玩笑，便大聲說：「你們是狗國？」

外交官脹紅著臉結巴地說：「不，不。你，你怎會說這樣的話！」

「因為這是狗門，不是人出入的。」晏嬰聳聳

肩說：「如果我出使到狗國，就可從狗門出入——
——」

「你現在是到楚國。」外交官搶著說。

「那我就該從正門出入。」晏嬰厲聲地說。

從大門進城後，楚王見了他便問：「齊國沒有

人了嗎?」

「齊國的人很多,」晏嬰緊接著誇大地說:「大家張開衣袖,便遮住太陽,呼出的氣會變成雲霧,站著腳和腳連在一起,走路時肩膀互相挨著擠著,怎麼會沒有人!」

「那麼,為什麼派你來做大使?」

晏嬰懂得楚王要嘲弄自己,連忙回答說:「我們國王用人有一個原則:賢能的人,派到強大的國家去;愚笨的人,派到弱小的國家。我是最愚蠢的了,所以被派到楚國來。」

楚王感到很難為情,便向隨從低聲說了幾句話。一會兒,便有四個武士,押著一個犯人,在他們面前經過。楚王故意的問:「這犯人是哪裡人?」

「是齊國人。」

「犯什麼罪?」楚王又問。

「偷竊。」

於是，楚王掉頭對晏嬰道：「齊國人都喜歡做強盜嗎？」

「不，那是環境不同。」晏嬰哈哈大笑道：「淮南的橘樹，種到淮北就變成枳了。齊國的人民，在齊國都不願做強盜，到楚國就喜歡做強盜了，那一定是受楚國環境的影響。」

楚王連忙站起身，恭敬地對他說：「你的才能很高，我不該取笑你。」他轉身對侍從說：「你們要好好招待晏大使。」

這就是成語「南橘北枳」的由來。

晏嬰不辱使命

年輕有為
的子產

　　子產的父親和司空子耳，帶鄭兵去攻蔡國，結果大獲全勝，俘虜了蔡國的司馬公子　。

　　鄭國所有的人民，都歡天喜地的熱烈慶祝，唯有子產大不高興。子產那時才十五歲。

　　他的朋友感到非常奇怪，便問：「你不願意國家打勝仗嗎？」

　　「當然願意，不過，」子產說：「鄭國就不會太平了！」

　　「為什麼？」朋友驚詫地問。

　　「我們是一個小國，」子產解釋道。「不整頓內政，反去侵略別人，楚國馬上就要來打我們了。……」

　　「楚國要打我們？」朋友搶著問。

　　「是的，蔡國是楚國的附庸啊。」子產回答

道。「楚國很強，我們打不過他，就要向他投降。假使我們歸順了楚國，晉國的兵又要來攻打我們了。這樣，我們還值得高興嗎？」

他的朋友點點頭，認為他對國際情勢非常明瞭。

兩年以後，鄭國發生內亂，子產的父親和子耳都被亂匪殺死。

子耳的兒子子西，聽到這消息，絲毫沒有準備，便去追趕匪徒，但匪徒已逃入北宮，子西連忙回家拿武器，到了家中，便見男僕人很多都逃走了，財寶也損失不少。

可是，子產聽到變亂後，立刻指定看守門的人，分派任務給家中各主管。將府庫封閉了，完成一切的防務。然後，又把家中的兵士集合起來，共有兵車十七部，便去北宮攻打匪徒。

由於子產得到人民的幫助，很快殲滅了盜匪，國家就平定了。

這時的政權由子孔負責。子孔定下條例，要大家遵守。可是鄭國有許多大臣都不服，子孔要殺掉那些人。

　　子產勸阻他，並勸他燒去那些條例。

　　「那不行。」子孔道：「我寫這條例，是為了安定鄭國，如果因他們生氣就燒掉，國家不就很難治理了！」

　　子產聽後嚴肅地對他說：「眾怒難於干犯，個人的專制，難於成功。如果你要那麼做，就要發生禍亂了。」

　　子孔聽了子產的話，燒去條例，鄭國才安定下來。

捨身衛國
的叔詹

晉兵圍在鄭國的都城四周，攻打和喊殺的聲音鑽進城內每個角落，全城的人都惶急地抖顫著，如果城被攻破，就國亡家滅了。

　　鄭文公比全國的百姓更焦慮，在宮內托著顋流淚，他實在想不出一個最好的辦法，能打退晉兵。因為晉國提出兩個條件，第一要立公子蘭做世子，第二要將鄭國的大臣叔詹交給他們。

　　第一個條件是沒有什麼問題的，但鄭文公怎能離開叔詹呢？鄭國的一切軍政都是叔詹策劃的，而叔詹又是他的弟弟，如果將叔詹交給晉國，在公私兩方面他都感到很為難。

　　叔詹進來了，第一句話便問：「想到退兵的好辦法了嗎？」叔詹很早就預備去晉國了，但鄭文公要挽留他。

「還沒⋯⋯還沒。」文公結結巴巴地說。

「那麼，我一定要去了。」叔詹大聲說。

「可是，」文公站起擺著手道：「你去晉國就不能活著回來，我怎忍心看著你去送死呢？」

叔詹面對著文公嚴肅地說：「犧牲我一個人，可以保全國家和人民，為什麼不讓我去死呢？」

晉國的宮殿裡，兩旁站著文武大臣。殿前放著一口大鍋，裡面裝滿油，爐火將鍋裡的油熬熱了，青煙在鍋口的四周旋繞，這是預備煎叔詹的。

叔詹昂頭走到晉侯的面前，晉侯大聲喝道：「你掌握鄭國大權，使你的國君對賓客失禮，這是第一大罪。」當晉侯逃亡經過鄭國時，鄭君是非常失禮的。

晉侯歇了一歇，又拍著桌子道：「和晉國訂了盟約，中途背叛，這是你的第二大罪。」說完就叫左右的侍衛人員，立刻烹熟叔詹。

叔詹很鎮靜的要求，讓他說完了話再死，晉侯

也答應了。「當你經過鄭國，我就對我的國君說，你將來一定會做眾諸侯的盟主，應該好好的招待。對於盟約的遵守，我也勸我的國君，但都沒有聽我的話。」

叔詹回身對晉國所有的大臣看了一眼，接著說下去：「雖然這不是我的責任，但我還是願意犧牲自己，來救國家人民的危難。」他的聲音更加宏亮了。「這樣說來，我有先知之明，是智。捨身衛國，是忠。遇難不避，是勇。具備忠、勇、智的人，難道在晉國法律上就應該烹熟了嗎？」

叔詹說完了，就要向油鍋跳去。晉侯連忙派人阻止，並且謙和的對他說：「我只試試你的膽量罷了。」實際上晉侯是受他的言語感動才放了他。

這時，包圍鄭國的晉兵，也奉令撤退了。

中國名人故事

李冰嫁女兒
給河神

李冰被派到四川去做太守。上任以後，便發覺這地方經常有水災和旱災，老百姓非常窮苦。

他便帶著他的兒子李二郎，去察看地勢和河流，知道岷江分做兩支，一支叫內江，一支叫外江，內江口有一座玉壘山，擋住了水流，水便溢向外江。所以內江兩岸經常鬧旱災，而外江水流很多，泥沙淤積，水勢一大，河水氾濫，就成水災。

李冰覺得要解決水災和旱災，必須把玉壘山鑿一個洞，把水勢分開。他還沒有想妥開山的辦法，當地的老百姓，又要替河神娶太太了。

因為有一個巫婆，說河神嫌自己的老婆太少，才出來作怪。老百姓每年選一個漂亮的小姐，推到河裡淹死，給河神做太太；另外還替河神蓋廟，經常燒香膜拜，花費了很多金錢。

李冰和他的兒子商議後，便召集當地的老百姓和巫婆，在河神廟前開會。他問大家今年有沒有找到河神的新太太。

　　大家都回答：「沒有找到。」

　　「我是本地的長官，應該替大家想辦法，」李冰對大家說：「現在我很關心你們，愛護你們，願意把我的女兒嫁給河神——」

　　「那太好了！」老百姓都大聲的叫，有些年紀大的人，眼淚也流出來了。因為每年選河神的新娘時，誰都不願意到河裡送死，現在李太守能這樣為老百姓解決困難，他們都很感激他。

　　這時，李二郎扶著他的妹妹出來了。新娘披著綵綢，頭插金花，跪地上向河神行禮。另外還抬了很多整隻的豬、牛、羊，比往年的祭典豐盛得多。

　　李冰用酒壺在河神面前斟滿三杯酒，轉身對大家說：「今天我要請他吃酒，他吃了，就嫁女兒給他。如果他不吃，就是騙人的妖怪，我一定要殺掉他。」

李冰嫁女兒給河神

　　全場的老百姓，很緊張地注視那杯酒。半天，
酒一點都沒動。李冰拔出寶劍嚷道：「這一定是妖
怪，讓我去殺他。」說著就向河裡衝去。

　　李二郎攔住父親面前，說：「這小妖怪，不要
你動手，讓我來殺吧！」說著就接過父親的寶劍，
跳向河中。

　　李二郎在風浪很大的河裡起伏著，一會兒鑽到
水裡，很久沒有浮出水面，老百姓都急了，擔心他

被河神抓去。巫婆更得意的說：「這可惹出禍來了！河神怎麼可以殺呢！」

忽然，二郎從水裡鑽出，右手提著一條大蛇，他用寶劍指著說：「妖怪已被我殺死了。」

全體的人都熱烈的鼓掌，並大聲喊好，有些人把廟裡的河神像給摜壞。巫婆也立刻溜走了。

李冰叫大家安靜下來，把鬧水災的理由向大家說明，並把自己要開鑿玉壘山的計畫，詳細的解釋。

李冰說：「我們只要把這山開個洞，讓江水順流下去，就永遠沒有水災了。」

李冰領導全體老百姓，參加鑿石、抬土去填溝的工作，忙了一年，玉壘山被打成一個洞，江水分向外江和內江疏通，外江兩岸，就沒有水災了。

李冰父子開鑿的，就是今日大家熟悉的「都江堰」。

商鞅
信賞必罰

南門外的曠地上，站著一個官員，指揮兩個工人，將一根圓形的木柱，豎立地上。

　　這木頭有茶杯口那樣粗，約三丈長，埋在土內只有一尺多深。工人很快就埋好了。

　　那官員從懷裡取出一張佈告，從一個小瓶裡挖出糨糊，將佈告貼在那木柱上，然後便走了。

　　忽然，一個出城的鄉下人大叫起來：「這是真的嗎？」他跑到木柱旁唸道：「能搬運這木柱到北門的，賞白銀十兩。」

　　經他一叫喊，進出城門的人都圍繞這柱子旁邊，誰都不相信這是真的。因為這木柱本身很輕，埋得也不深，略用勁就可以拔出擔在肩上，扛向北門，為什麼政府卻花這麼大的賞錢呢？

　　「這不會是真的，」一個木匠肩上背著斧頭和

鋸子，用右手搖一搖那木柱，木柱前後晃動著，他不信地搖著頭說：「像這樣的工作，我一天可以做十次，那麼，我就可以賺一百兩銀子？」

「為什麼不是真的，」另一個年輕的小伙子，指著佈告說：「這是官印。政府說的話，還會假嗎？」

「那麼，你搬好了！」那木匠揶揄地說。

大家你望著我，我看著你，誰都不明白政府的意思，看了一會兒便都散開，始終沒有一個人去搬動木柱。這件事慢慢的傳遍秦國的都城，城內所有的人，都來看這張奇怪的佈告。到天黑時，木柱仍然屹立在南門外。

第三天早晨，木柱上的佈告又換了一張新的：「能搬運這木柱到北門的，賞白銀五十兩。」

秦國的老百姓都知道這回事，但誰也不去搬那木柱。一個半癡半呆的人，認為花的時間和力氣不多，便去試一試，將木柱扛到北門。秦國的左庶長

商鞅信賞必罰

（官名）商鞅，立刻賞他白銀五十兩。這樣，全國民眾都知道政府說話有信用，絕不欺騙老百姓。

接著商鞅就頒佈了新的政治、經濟制度，內容共分成三點：第一是增加人口，第二是獎勵耕戰，第三是勵行法治。這些都是為了使秦國國富兵強，由於民眾知道政府很有信用，便很容易使人民遵行了。

一天，秦國的太子無意中冒觸法令，商鞅便說：「在法律前，任何人都是平等的，太子犯法，也要依法辦罪。不過，太子將來是國君，不便處刑，但教導太子的師傅，應該負法律上的責任。」

有人反對他這樣做法，商鞅道：「如果上面的人不守法，老百姓怎麼會心服？」於是便將太子應得的罪罰，加在太子的師傅身上，從此老百姓更願意守法令了。

秦國便慢慢的強盛起來，終於滅掉六國，統一天下。

憂國投江
的屈原

早晨，汨羅江上有濛濛的白霧。屈原沿著江岸旁奔跑，一面呼號著：「天啊！楚國要亡了，怎麼辦呢？」

　　這時，秦國的大將白起，把楚兵擊敗，攻破楚國的都城，楚國先王的墳墓也被掘毀了。楚王率領文武大臣，逃往楚國東北境內的陳城。這個城市很小，現時雖能固守，誰都知道，不久將會被秦國消滅的。

　　屈原揮舞著手臂，赤腳在沙灘上跳躍，眼淚也跟呼叫聲滔滔地滾著。

　　有一隻很小的漁船，慢慢地在江旁航行，船上坐一個戴斗笠的漁夫，手裡拿著一根長長的釣竿。他看到屈原那種哭泣的樣子，便高聲嚷道：「先生，你為什麼要這樣慌急呢？」

屈原掉頭見到漁夫那種消閒的態度，心中更氣。「國家快亡了，你還這樣漫不關心。」屈原說：「亡國後，你就知道亡國的痛苦了。」

漁夫放下漁竿，用竹篙阻止小船前進。「噢——」漁夫拉長了嗓音說：「你是為了國事，才這樣焦急的嗎？可是，你這樣號哭，對國家有什麼幫助呢？除了哭泣以外，你該想想辦法救國啊！」

「可是，我有什麼辦法呢？」屈原面對著漁夫說：「我是主張和齊國訂立友好條約，與秦國斷絕邦交的；可是國王聽信奸臣子蘭的話，和如虎如狼的秦國訂定盟約。秦國違背信義，秦國和齊國都來攻打我們，我國遭受了失敗，國王也將我攆出京城，我還有什麼辦法呢？」屈原說完更氣憤了。

「這樣說來，先生一定是楚國的大夫屈原了。」漁夫尊敬地說。「你不是寫過一篇〈離騷〉的文章嗎？」

「是啊！」屈原回答。「我寫這篇文章的目

憂國投江的屈原

的，就是希望楚王能夠悔悟。我說出了自己對祖國的懷念，我明白地指出奸邪誤國的真情，可是國王再也不相信我了。現在我眼見國家快要滅亡，卻無法去拯救，你看我能不感到苦痛嗎？」

漁夫也沉默了，他一方面為國家的命運感到焦急，同時更對屈原這種憂懷祖國的熱烈感到敬佩，但他除了同情屈原外，還有什麼辦法呢？

小船又順著水流向下盪去，漁夫也低頭默默地為祖國祈禱，忽然他聽到後面水中有很大的響聲。漁夫轉頭便見屈原跳向江心，口中喊著：「我和祖國同歸於盡吧！」

漁夫急掉回船頭在他投江的地方搜索，可是滾滾的江水流著，白霧愈來愈濃，哪裡還會有屈原的蹤影呢？

這一天，正是農曆五月五日，就是後來的端午節。

殺美人賠罪
的平原君

張清慎提了一隻空水桶，到河邊打水。

　　他的左腳有毛病，走起來一拐一拐的，上身向前一個傾斜，然後又突然往後一仰，像母雞吃食有節奏地前後擺動。

　　在河邊裝滿一桶水，他又提著回來。水桶重量增加後，他拐得更厲害，水桶也搖晃不停。一桶水提到半途，灑得只剩三分之一了。

　　忽然，他的右腳一滑，左腳沒有踏穩，他的身子向後一仰，便跌倒在地上。水桶雖然沒有離開他的手，但水卻已全部灑光了。

　　「格……格……」一陣清脆響亮的笑聲，從對面的樓上傳過來。

　　張清慎爬起身，把水桶猛摜在地上。抬起頭來，只見樓上有一個漂亮的年輕女人，正望著他放

聲大笑，他掉頭提著水桶進去了。因為他認得那個女人，她是平原君的一個姨太太。

那個跛子將水桶送回後，立刻到平原君門前，要見平原君。

他對平原君說：「有很多賢能的人，跑了幾千里路，來做你的食客，你知道是什麼道理嗎？」

平原君是趙國的宰相，他很喜歡賓客，家中常供養客人數千。他和當時齊國的孟嘗君、魏國的信陵君、楚國的春申君被稱為戰國時代的四大公子。可是這時他不知道張清慎為什麼要說這話，所以無法回答，只是呆呆地看著他。

「因為大家都知道──」張清慎接著說：「你不愛金錢，不愛珠寶，更不愛美人，所以才願意做你的食客，為你服務。」

「是的，是的。」平原君連連點頭。

「可是，現在你的一位心愛的姨太太，已經侮辱了我啦！」

平原君不信道：「那是不會有的事。」

張清慎把剛才的事告訴他，又說：「一個人應該同情別人的不幸；她不但不同情我，反而嘲笑我的殘疾，侮辱我的人格，現在快把她殺了，才能證明你對待客人要比對待自己的家屬好一點。」

「好吧！」平原君回答道。

跛子走後，平原君對大家笑著說：「這人真是瘋了，為了一笑，就要我殺心愛的美人，你們看這件事怎可以做得到呢？」

話說完，平原君就把這件事忘了。可是過了幾天，家中的客人紛紛向他辭別，不到一個月，家中客人已走掉一半。

平原君覺得奇怪，便對留下的客人說：「我並未怠慢各位先生，為什麼他們都走了呢？」

「這道理還不簡單嗎？」一個客人大聲道：「你不處理跛子被辱的事，大家都認為你只愛美女，看輕賢人，誰還願意留在這兒呢？」

平原君連忙把那個姨太太殺掉，將她的頭送到張清慎的面前陪罪。

　　這個消息傳出後，平原君家中的客人，又日漸增多了。

毛遂
脱穎而出

趙國受到秦兵的侵略，京城快要被包圍了，趙王就命令平原君到楚國去求救兵。

平原君知道這是一個艱巨的任務，需要費很大的力量，才能說服楚王出兵。所以他便想在自己家中的食客內，挑選二十個有膽量、有智謀、會說話的人。但選來選去，只有十九個人可以擔任這職務，再也選不出一個合乎標準的人了。

平原君在大廳上走來走去，用手拍著後腦殼，他真想不到這幾千食客，都是些飯桶，真才實學的人，竟這樣的難找。

忽然食客中有一個人，匆忙地跑到平原君的面前，說：「我叫毛遂，來這裡做食客已三年了，願意和先生一同到楚國去。」

「三年了？」平原君冷笑道：「你來了三年，

我還不認識你，就可以知道你的學問和本領是怎樣的了。一個人的才幹，就像袋裡的一把錐子，如果錐尖銳利，就會很快地鑽出袋來。根據這個道理，我想，你一定不能擔負這個責任。」

「好吧。」毛遂見平原君輕視他，心裡很不高興說：「請你把我當作錐子，放在袋裡試試吧！你不但可以見到那錐頭，恐怕還會看到錐柄哩！」

平原君見選不到幹練的人，只好勉強的選用他。

到了楚國，平原君就叫這二十個食客互相辯論，但沒有一個能駁倒毛遂，平原君看到毛遂的辯才，漸漸安心。

第二天早晨，平原君拜見楚王，陳述對付秦兵的計畫。楚王和平原君商量、研究，直到中午，楚王還沒有答應平原君的要求，出兵去救趙國。

毛遂和其他的十九個食客，都站在階下等候著。這時，毛遂從人群中拔出佩劍，衝到殿上，

大聲說道：「趙國和楚國聯合攻打秦國的利害關係，兩三句話就可以說明白，為什麼拖延到現在還沒有解決？」

楚王見毛遂是平原君的侍從，敢這樣的來頂撞他，心裡很氣憤。便罵道：「你是什麼東西，有什麼資格講話？快走開！」

毛遂不但不退，更向前二步，走近楚王，揮著寶劍說：「研究對付秦國的計畫，誰都可以發言。大王為什麼要這樣辱罵我，是不是仗著你的軍隊和權位？可是在這片刻內，大王的生命就掌握在我的手中。」毛遂把劍筆直地擎在胸前，逼視著楚王。

楚王慌了說：「有話慢慢地講，不要性急。」

毛遂脫穎而出

「誰都知道，秦國經常欺侮楚國。」毛遂一字一字很清楚地說：「楚懷王在秦國被殺死，秦將白起曾攻破你們的鄢城，再攻破你們的郢城，你們就嚇得趕快遷都避難。受到這樣大的恥辱，為什麼到現在還不想洗雪？今天我們所談的應付秦國的事，實際上並不是為了趙國，而是為了楚國……」

「很有道理，很有道理。」楚王連忙點頭，並答應出八萬兵馬去救趙國。

平原君回來後，對毛遂說：「先生真『脫穎而出』了！」毛遂以後就成為平原君最親近的客人。而我們常說的「毛遂自薦」就是出自這個典故。

報答厚情
的侯嬴

魏國的信陵君，對待天下有才能的人，非常和順客氣，所以各處的人才，都紛紛到他的家裡做食客，共有三千人。

　　一天，信陵君帶著很多的禮物，去見一個看守城門的人，那人叫侯嬴，已七十多歲，家境很窮，但他堅決不收信陵君的禮物。信陵君見他人格高尚，對他更是敬佩。

　　某次信陵君家中，開一個盛大的宴會，賓客都坐滿了，卻有首席空著沒有人坐。這時，信陵君親自駕著馬車，到城門口去接那守門人侯嬴。

　　侯嬴戴著前後都是破洞的帽子，穿上全是補釘的破衣，昂然地坐上車。信陵君駕著馬車回家了，侯嬴說：「我要到街上肉店內去看一個朋友，你可以送我去嗎？」

「可以，可以。」信陵君立刻把車子駛到肉店面前。侯嬴和他的朋友——屠夫朱亥——長談了一陣。談話時，侯嬴用眼角注意信陵君，見他仍安靜平和地等候著，一點沒有顯出不耐煩的樣子。

他們離開肉店，到了信陵君的府第。信陵君請他坐首席，還替他向所有的賓客介紹。大家都非常驚奇，嘴裡雖不說出，心裡卻在想：「主人為什麼要請這看門的老頭兒坐首席呢？」

侯嬴從此便做了信陵君的上客。他告訴信陵君，那個屠夫朱亥，沒有人知道他的好本領，所以被埋沒了。信陵君立刻去拜訪朱亥。去了很多次，朱亥不來回拜，也不願意做他的食客，信陵君對朱亥毫無辦法。

這時，秦國攻打趙國，魏王派晉鄙率領大軍十萬援救趙國，但被秦國派人恐嚇，魏王便叫晉鄙按兵不動。

趙國非常危急，信陵君姊姊是趙國平原君的夫

報答厚情的侯嬴

人，連連來信催信陵君。信陵君請魏王發兵，魏王不肯答應。於是信陵君帶著敢死隊一百人，預備和秦軍拚命，免得趙國平原君說他沒有義氣。

信陵君帶著敢死隊出城，經過侯嬴守的城門時，便和侯嬴說話。侯嬴冷冷地說：「希望你努力吧，我老了，不能陪你一道去了。」

信陵君很不高興地出城，走了一會兒，又立刻轉回，想責問侯嬴：他對待你那樣好，今日離別了，卻這樣冷淡；侯嬴太不夠朋友了。

回到城門口，侯嬴笑了起來：「我知道你會回來責問我的。你這幾個人，和秦軍幾十萬拚命，是白白送死，難道你門下食客三千，都想不出一個好辦法？」

信陵君說：「請問老先生，有什麼辦法？」

侯嬴便告訴他，魏王的軍令藏房裡，魏王的愛妃如姬，感謝信陵君為他的父親報仇，只要信陵君央求她，就可以獲得軍令，帶晉鄙的兵去救趙國了。

信陵君果然從如姬處拿到軍令，準備出發。侯嬴又對他說：「你雖有軍令，如晉鄙不肯相信，不交軍隊，還是無用。最好你能帶朱亥去，如晉鄙反對，就叫朱亥打死他。」

　　信陵君覺得他的計畫很好，就請朱亥同行。這時候嬴對他說：「我年紀老了，不能和你同去冒險，但你們達到目的地，我便自殺，這樣就對得起你平時待我的厚情了。」

　　到了軍中，晉鄙反對，朱亥用鐵錐打死他。信陵君帶著十萬大軍攻秦，趙國便保住國土。侯嬴就在他們到達軍中的時候自殺了。

藺相如
不辱國體

藺相如帶著和氏璧，向秦國出發。

和氏璧是趙國最珍貴的寶貝，因為秦王很喜歡它，願意用十五個城市來換取。誰都知道秦王沒有誠意，不會給趙國十五個城市，但秦強趙弱，趙國不願意在秦國面前失信，所以就派藺相如送和氏璧去，要他順便將十五個城市圖籍帶回。

藺相如到了秦國的京城咸陽，第二天早晨便朝見秦王，獻上和氏璧。

秦王接著璧玉，在手中細細欣賞撫摩。這璧晶瑩光滑，沒有絲毫瑕疵，真是稀世奇珍，異常可愛。秦王賞玩後，又傳給每個大臣觀看，各大臣看完，都俯伏在地上高呼：「萬歲！」極力讚揚秦王幸運地能得到這個珍寶。

秦王高興極了，文武大臣看璧玉後，又送進宮

中去給各宮妃欣賞。過了很久，和氏璧才從宮內送回秦王。

藺相如將璧呈出後，便站在旁邊，靜靜地注視秦王和他的大臣們動作。這時秦王好像已經忘記藺相如還站在這兒，連正眼都沒看他一眼，更談不到交給趙國十五個城市了。

藺相如知道秦王想狡賴，便上前兩步。「這璧很寶貴。」他說，「可惜還有小的缺點，大王看到了嗎？」

秦王眼睛盯在璧上諦視說：「沒有啊！」

「我可以指給你看。」相如又上前兩步。

秦王將和氏璧遞給相如，相如從容地退後五步，緊靠柱子站著。

「和氏璧是全世界最珍貴的寶貝，」相如大聲說道：「大王說用十五個城來換，所以我才送來。大王得著璧玉後，給群臣宮妃任意玩弄，既不用禮節招待我，更沒有割城的誠意。現在我寧可和這寶

玉一齊碰死在這柱子上，也不願獻給秦國。」說著，相如就要將璧玉摔在柱上。

秦王怕他真摜碎了，連忙說道：「我絕不欺騙你，一定割十五個城市給趙國。」說著就叫大臣拿來一幅大地圖，秦王指著十五個城市的範圍，要相如相信他的話。

相如知道秦王仍然沒有誠意，便說：「我的國王將這寶玉交給我時，誠意的齋戒三日；現在你要接受這寶玉，為了表示你的誠意，也應該齋戒三日。」

秦王見相如的態度嚴肅，語句強硬，沒法拿到璧玉，只好勉強敷衍他，答應他的要求。

相如回到賓館想道：「秦王這樣狡猾，如果獻出和氏璧，他不割十五個城市給趙國，我怎麼有臉回趙國呢？」於是他便叫僕人化裝成乞丐，暗藏著和氏璧，連夜趕回趙國。

三天後，相如又去朝見秦王，秦王見他兩手空空，便問道：「我已齋戒三天，為什麼你不將璧玉

交給我呢？」

「因為我從歷史中知道秦國專會說謊騙人，在外交上毫無信義，」相如說：「如果你再騙我，不將十五城割給趙國，我怎樣回覆趙王，所以先將和氏璧送回了。」

秦王憤怒地拍著桌子喝道：「將他綁起來！」

「請等一等，聽完我的話。」相如搖著雙手道：「現在的國際情勢，是趙弱秦強，只有秦欺趙，趙絕不會騙秦。如果大王真要和氏璧，請先割十五城給趙，趙國絕不會失信賴掉寶玉的。」

秦王覺得他的話很有道理，不願為了一塊和氏璧殺死趙國大使，傷了兩國的和氣，於是優厚的招待相如，相如就圓滿的達成任務回國了。

相如在外交上的成功，趙王便升他為上大夫，他獲得了全國老百姓的敬愛。

但秦王受了挫折後，心中並不甘服，接著就約趙王在澠池開和平會議。趙王想，不去固然不好；

去呢，又怕秦王背信，難以決定。

蘭相如說道：「我願和大王同去。」

趙王也知道相如的膽大多謀了，便率領蘭相如和一些侍從，向澠池出發。

到達目的地後，與秦王相見，接著就開會了。

在相對飲酒時，兩個國王都很高興。忽然秦王說道：「聽說趙王擅長音樂，現在兩國和好，機會難得，此處有寶瑟，請趙王彈奏一曲，給大家欣賞欣賞！」

說完，秦王就叫侍從人員捧上瑟來，趙王一看，沒法推辭，勉強彈了一會兒。

秦王立刻命史官記錄：「某年某月某日，秦王和趙王澠池開會，秦王命趙王彈瑟。」

蘭相如在旁看到自己國王被人侮辱，丟了國家的臉面，氣憤異常，便上前幾步，說：「我們也聽說秦王會擊缶（一種瓦製的敲擊樂器），現在請秦王敲給大家聽聽。」

秦王見相如報復，怒容滿面，不肯動手擊缶。

相如將缶親自捧跪在秦王面前，秦王仍不答應。

「請大王不要倚仗秦是強國。」相如屬聲道：「你如堅持不敲，在眼前我就用熱血和你相拚！」

秦王的侍衛人員，立刻拔劍要殺他。相如回過頭，瞪著眼、咧著嘴，一聲呵叱，鬚髮像都站直了，把那些侍衛都嚇退了。秦王見這情形，很不高興，順手敲了一下。

相如立刻命趙國的史官記錄：「某年某月某日，趙王命秦王擊缶。」

秦國很多大臣，見自己國家佔不到上風，心中不服，便一齊圍著趙王說道：「請趙王割十五個城池祝福秦王！」

相如立刻走到秦王面前，大聲嚷道：「請秦王拿咸陽來祝福趙王！」

憑著藺相如的智謀和勇敢，經過無數艱險，開完這「和平」會議，趙王才能安全地回國。

廉頗
負荊請罪

藺相如能夠將和氏璧，從秦王手中完整的攜歸趙國。趙王在澠池和秦王開會時，也因為了有藺相如在中間折衝，才沒有喪失國家體面，所以趙王回國後，馬上便封藺相如為上卿。這是趙國裡最高的官職了。

這時趙國的大將軍廉頗，正統領著全國軍隊。現在見藺相如的官位比自己高，便很不高興，大發牢騷。

「我東征西討，立過很大功勞，」廉頗對人說：「才被封作大將軍。現在藺相如就憑三寸的舌頭，胡吹一陣，就爬到我的頭上，怎叫我心服？假使我再碰到他，一定要給他難堪。」

廉頗講的話傳出去，給藺相如知道了，他再也不肯和廉頗見面。

一天，藺相如坐著車子出去，很遠地見廉頗來了，連忙掉轉車頭躲開去。藺相如的侍從們知道了這情形，大家便聯合起來辭職。相如便問什麼緣故。

他的侍從回答道：「大人和廉頗同在趙國服務，廉頗公開地罵你，你怕得東藏西躲，不敢和他見面。我們都覺得這是一種很大的恥辱，大人反而不以為意，所以我們都不願再侍候大人了。」

藺相如聽後笑了起來說：「你們看廉頗的聲威和秦王相比，誰要高些？」

「當然是秦王高。」

「是啊！」相如接著道：「像秦王那樣的威嚴，我都敢當面呵責他，我怎麼會怕廉頗呢？我現在盡量忍讓，不過是為了顧全國家大局。現在秦國不敢貿然的侵略我們，就是因為有了我和廉頗。如果我們二人失了和氣，明爭暗鬥，就要引起國家的災難了。」

藺相如的話，又傳到廉頗的耳裡。廉頗聽後，感到非常慚愧，立將上衣脫光，裸露著上身，背負著荊木製成的鞭子，要他的賓客伴著他，一同到藺相如的家去陪罪，並請相如用鞭子重重處罰他。

「我的器量狹小，又不明道理。」廉頗跪在地上對相如道：「以往在言語中冒犯了你，你還這樣的原諒我，更使我感到渺小了！」

相如連忙拉他起來，幫他穿好衣服。於是他們兩人便成了同生死、共患難的朋友。

這就是我們常用的成語「負荊請罪」的典故。

勤學的
蘇秦

　　蘇秦背著一個包袱，彎腰低頭的走進家門，隨即跌坐在門旁的椅上，像是癱瘓了無法站起來。

　　他已走了三個多月的路，路費全部用光，在最近兩天根本就沒有吃過飯，餓得快要暈過去了。

　　「啊！你們看啊！」蘇秦的嫂嫂突然從房內走出，看到他滿身的泥污，頭髮和鬍鬚像一堆亂草蓋滿了臉龐，嚇得驚叫起來。「我還以為是一個叫化子呢？來看哪，秦弟回來了。」

　　一陣混亂的腳步聲，蘇秦的哥哥、姊姊，和妹妹都跑出來了。最後趕到的是蘇秦的太太。

　　大家都圍著他，吱吱喳喳地議論著。

　　「好啊，出去做官，跑了四、五年，變成這窮相回來。」他的哥哥埋怨地說。

　　「天曉得，他還能做官。」蘇秦的嫂嫂接著冷

笑道。「那麼狗鴨都會做官了。」

「哈哈……」大家都笑了起來。

蘇秦的太太眼中含著淚排開眾人，走近他身旁，將他身上的包袱卸下，然後扶著顛簸的丈夫走回房中。

他的太太倒一杯茶給他喝了，又忙著打水給他洗臉洗腳，並替他換了一身乾淨衣服，服侍他吃飽飯，他的精神才慢慢恢復過來。

「你這樣子回家，」他的太太坐在他身旁，傷心地哭泣道：「把我們的臉都丟光了，你不感覺到慚愧嗎？」

蘇秦低著頭，默默地不語。他的太太接著說：「你這樣沒有出息，以後不要再讀書了，還是跟哥哥去耕田吧！」

第二天，天還沒有亮，蘇秦就起床了。從書箱中拿出書，細心的研讀，不讓片刻時間荒廢。讀到深夜，精神疲倦了，預防自己打瞌睡，便站起來朗

誦；為了預防自己疲倦時坐下，便在椅子上縛了一支尖銳的錐子，如坐下即猛刺著屁股，使自己驚醒過來，繼續研讀。

這樣發憤的讀了一年書，他認為自己的學識已有成就了，才又出去找一個試驗自己才能的機會。

蘇秦首先便到秦國，將怎樣併吞六國的計畫，獻給秦惠王，但秦王始終不相信蘇秦的理論，他只有離開秦國。

於是，蘇秦便先後到燕、趙、韓、魏、齊、楚等各國，把秦國的野心告訴他們，要他們一致聯合起來，抵制秦國。蘇秦這六國合力拒秦的辦法，被各國採用了，蘇秦便佩了六國宰相的印信。

秦國見六國聯合起來的力量雄厚，便不敢再有野心，使天下十五年中保持和平沒有戰爭。這六國合力拒秦的辦法，後來人們便叫做「合縱」政策。

身懷大志
的張儀

張儀一步一跛地，扶著牆壁走進自己的家，歪倒在床上，大聲哼著。

　　他的太太趕快從廚房跑出來，看見張儀的身上、手臂、大腿和全身都有青紫的傷痕。她一面替他包紮傷患，一面問他：「你為了什麼事，被人家打得這麼厲害呢？」

　　「哼，真倒楣！」張儀一面哼著，一面喘息地說：「我在楚國宰相家吃酒，他家在這時丟掉一塊寶玉，他們以為我很窮，認定一定是我拿的，就鞭打了我幾百下。這種勢利小人，太可惡了。」

　　他的太太聽後，感到很氣說：「這是你讀書的好處啊？如果不讀書，也不必到各國去勸說國王愛好和平，停止戰爭，怎會受到這樣的毒打呢？」

　　張儀聽後半天不響，翻了一個身，問：「我的

舌頭還在口內嗎？」他把嘴張開。

「舌頭怎麼會沒有呢？」她仍生氣地說。

「好！」他說：「只要有舌頭，那就有辦法了。」

他的傷痊癒以後，便到趙國去見他的同學蘇秦。蘇秦這時把「合縱」（連合六國攻秦）的盟約辦成功，做了六國的宰相。

可是蘇秦見了他，態度很傲慢，有點輕視他的意味兒。他便把近況向蘇秦說明，希望蘇秦能幫他一點忙。

蘇秦聽完，立刻答道：「你有這樣的才能，卻弄到如此的貧困，真是太對不起自己了！本來，我有辦法可以叫你發財，也可以叫你做大官，但是，你自己不爭氣，不努力奮鬥，我也不願意提拔你了！」

張儀憤怒地離開蘇秦。他覺得能和趙國為難的只有秦國，便向秦國走去，他要洗雪這種恥辱。

但他這時沒有旅費，只走了一天，就無法前進了。這時太陽正要落山，他倚在一棵桑樹下，感到困難重重，因為他沒有錢住旅館，也沒有錢吃飯。

　　坐在裝滿布疋馬車上的商人，從他身旁走過，忽然掉過頭問他：「你要乘馬嗎？可以和我一道去，我一個人太寂寞了！」

　　張儀聽完非常高興，因為有車子坐，同時和有錢的人在一起，他吃住的問題，就可以解決了。他連忙爬上馬車。

　　和商人交談後，才知道他也是去秦國的。商人和他談得很投機，一路上都供給他吃、用，到了秦國還用很好的布，替他做了衣服，使他能夠朝見秦王，秦王封他做客卿。

　　商人辭別他時，他十二萬分感謝，要報答那商人。那商人笑了起來，說道：「你知道我為什麼供給你的一切嗎？」

　　張儀搖搖頭。

「我是蘇秦的部下。」商人接著說：「宰相怕你的志氣埋沒了，所以激怒你，再派我來幫助你……」。

張儀這才恍然大悟，更加奮發，終於做了秦國的宰相，進行他的「連橫」（挑撥六國歸順秦王）政策，削弱了六國勢力，使秦能統一天下。

延伸閱讀

延伸閱讀

為什麼要讀這本書？

鄒敦怜

親愛的小朋友：

你一定認得愛迪生、華盛頓、貝多芬這些國外的名人，對他們的故事津津樂道。但是，你知道嗎？中國也有許多名人，他們也有一個個精彩的故事，告訴我們許許多多的道理。你聽過他們的故事嗎？

有個叫少康的少年，在十三歲時就立定復國的偉大志向，並且花了二十年的時間作準備；有個叫晏嬰的使臣，為人正直又有膽識，用機智維護國家的尊嚴；有個叫李冰的太守，透過實地調查及科學的施工方法，解決了四川的水災和旱災；原本自大傲慢的人，能夠自我反省並勇敢認錯，這是需要很大的勇氣，有位叫廉頗的大將軍，就是最佳典範呢！

這些中國古代名人的故事，假如你不知道的話，那就太可惜了。透過這本書，你可以認識25位響叮噹的人物。這些人物，就像一個個心靈導師，在某個恰當的時候，給我們最中肯的建議。

你想知道他們怎麼說故事嗎？只要一打開書本，開始閱讀，你跟名人就變成了好朋友。

活動一  人物對對碰

讀過這本書裡的故事，你對名人的事蹟一定有基本的認識，
請把「事件表」和「人物表」配對。

事件   **人物**

ㄅ 為了治水，三次過門不入   A 召公

ㄆ 建靈台公園，連老百姓也可以進去休憩   B 申包胥

ㄇ 為了接見賢良人士，分三次才洗完頭髮   C 老子

ㄈ 提出「連橫」政策，幫秦王統一天下   D 晏嬰

ㄉ 和周公一起輔佐武王完成革命大業   E 屈原

ㄊ 曾擔任當時「國家圖書館」的館長   F 周文王

ㄋ 齊國個子矮小的外交官   G 蘇秦

ㄌ 在秦國朝廷前，哭了七天七夜的楚國大臣 H 周公

ㄍ 寫〈離騷〉一文，表達憂國憂民的心情年 I 張儀

ㄎ 提出「合縱」政策，讓六國聯合抵制秦國 J 大禹

★你也可以自己設計「對對碰」，再跟同學一起作答。

延伸閱讀

活動二　成語名人錄

這本書中，有許多名人的故事，包含成語的典故，請把「人物表」和「成語表」配對。

人物表

ㄅ 革命領袖——湯

ㄆ 不辱使命的晏嬰

ㄇ 勤學的蘇秦

ㄈ 不辱國體的藺相如

ㄉ 勇敢道歉的廉頗

ㄊ 為秦國頒佈新政的商鞅

ㄋ 脫穎而出的毛遂

成語表

A 橘化為枳

B 負荊請罪

C 懸樑刺股

D 網開一面

E 信賞必罰

F 毛遂自薦

G 完璧歸趙

★書裡的故事，還藏著許多有趣的成語，你可以再找一找。

活動三　穿越時空的採訪

說明：請看一看軒軒訪問「少康」的問題。

訪問者 軒軒　　　　**訪問對象** 中興復國的少康

提　問

一、幾歲的時候，你聽到母親說的故事？

二、母親說的故事中，給你怎樣的訓示？

三、母親提醒你哪些報仇復國的基本方法？

四、你剛開始當作復國的根據地在哪裡？
那裡有多大？

五、從準備到完成復國任務，你一共花了幾年？什麼原因，讓你可以堅持這麼久？

★只要讀過故事，你就可以化身為「少康」，來回答這些問題。請你任選一篇，把自己當成穿越時空的小記者，設計問題訪問故事的主角。

延伸閱讀

活動四 我的偶像

這本書中，你認識了25位重要的歷史人物。哪一位人物的故事最讓你感動？哪一位是你將來想成為的偶像？請你說一說，寫一寫。

偶像的姓名

成為偶像的原因

一、

二、

三、

四、

五、

寫給　　　　　　　　　的一封信

讀完〈李冰嫁女兒給河神〉，軒軒對故事中，李冰父子二人聯手破除老百姓的迷信，以及鑿山治水工程的前後經過，還是充滿好奇。他決定寫一封信，寄給李冰。
★這25位名人，一定也有你特別有興趣的事蹟，請你也寫一封信，給書中的主角

活動六 **漫畫名人故事**

請任選一則故事，以四格漫畫的方式，畫出故事的內容，再把故事說給家人聽。

活動七 **歷史小劇場**

請任選一則故事，跟同學共同討論，把故事的情節演出來。

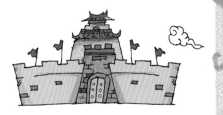

九歌
故事館 07

李冰鬥河神 中國名人故事（1）

著　　作：蔡文甫
繪　　者：蔡嘉驊
責任編輯：鍾欣純
美術編輯：陳雅萍
發 行 所：九歌出版社有限公司
社　　址：臺北市八德路三段12巷57弄40號
電　　話：02-2577-6564・02-2570-7716
傳　　真：02-2578-9205　郵政劃撥：0112295-1
九歌文學網：www.chiuko.com.tw
印 刷 所：晨捷印製股份有限公司
法律顧問：龍躍天律師・蕭雄淋律師・董安丹律師
初　　版：1983（民國72）年3月10日
重排新版：2010（民國99）年1月10日

定價：250元

ISBN：978-957-444-645-2　　Printed in Taiwan
書號：AD007
（缺頁、破損或裝訂錯誤，請寄回本公司更換）

國家圖書館出版品預行編目資料

李冰鬥河神：中國名人故事（1）/ 蔡文甫 著，
蔡嘉驊圖 -- 重排新版. - 臺北市：九歌，
民國99.01
面；　公分.--（九歌故事館；7）
ISBN：978-957-444-645-2（平裝）

859.6　　　　　　　　　　　98020502

人物對對碰答案：ㄅJ、ㄆF、ㄇH、ㄈI、ㄉA、ㄊC、ㄋD、ㄌB 、ㄍE、ㄎG
成語名人錄答案：ㄅD、ㄆA、ㄇC、ㄈG、ㄉB、ㄊE、ㄋF